KB157844

한국 희곡 명작선 65

도라산 아리랑

한국 희곡 명작선 65

통일연극 시리즈 장막극

도라산 아리랑

최송림

평민사

최
송
림

도라산아리랑

나오는 사람들

지남철 - 80세 안팎, 월남한 북청사자놀음·소리꾼으로 징을
　　　　만드는 匠人
허명수 - 70대, 월남한 외눈박이로 함흥집 단골이자 지남철의 벗
수풍댁 - 40세 안팎, 조선족 연변 여인으로 함흥집 종업원
지망원 - 50대, 지남철의 아들로 함흥집 주인
박정선 - 40대, 지망원의 아내
지빛나 - 20대, 지망원외 딸로 북청시자놀음 동이리 회원
김동민 - 30대, 지빛나의 애인으로 신문기자
이순희 - 80세 안팎, 북에 두고 온 지남철의 본처
지복원 - 50대, 이순희의 딸로 춤추고 노래하는 독신녀
지광일 - 20대, 지복원의 조카, 즉 지남철의 북쪽 장손
뱃사공 - 중국 쪽 압록강변의 조선족
＊ 북청사자놀음은 배우들의 겸역을 효과적으로 활용하면 되겠
다.

때

남북 철도를 연결하는 도라산역 개통 바로 그날 가슴 벅찬 순간
을 기점으로 현실과 회상들이다.

장소(무대)

냉면 전문 〈함흥집〉이 주무대이다.
함흥집에 딸린 작은방 작업실에 지남철이 소중하게 다루는 징이
있고, 가게 정면 어디쯤에는 허명수의 상징물인 '컵 속의 양파'가
유난히 눈에 띈다.
지남철의 이 방은 홀과 구분되어 독립성이 돋보였으면 한다.
물론 도라산역과 지복원의 식당식 공연장 및 지남철과 아내 이
순희와의 상봉 장면 등도 중요하다.

1

막이 오르면, 한민족 고유의 흰옷을 입은 전 출연진이 역전 광장인 듯 도라산역을 배경으로 대합창 〈도라산 아리랑〉을 부르며 등장한다.
작곡은 기본적으로 민족정서가 밴 '아리랑'의 멜로디가 밑바탕에 깔렸으면 좋겠다.

아리랑 아리랑 아라리오 아리랑 고개로 넘어 간다
오랜 세월 짓밟혀온 당신과 나의 가슴 속에
어둠 뚫고 새벽 열리듯 눈부신 태양 솟는구나
우리 모두 손잡고 통일을 노래하자
가슴 열고 노래하자 하나가 되었구나
아리랑 아리랑 도라산 아리랑 힘차게 울리는 기적소리
아리랑 아리랑 도라산 아리랑 희망을 싣고 달려간다
아리랑 아라리오 아리랑 고개로 넘어간다

합창의 끝남과 함께 전 출연진이 퇴장하면 때마침 기차가 기적소리를 힘차게 울리며 지나가고, 다시 등장하는 전 출연진들이 모두가 하나로 어우러져 춤춘다. '우리는 하나 민족도 하나' '조국이여 영원하라' '아시아의 허브' '동방의 등불' '꿈은 이루어졌다' '백두에서 한라까지' '우리의 소원은 통일' 등의 걸개나 슬라이드! 우리 민족 고유의 흥겨운 춤사위에 얼쑤, 신명이 절로 난다. 남북을 상징하는 두 사람의 소고잡이가 멋들어지게 추는 버꾸 춤 솜씨도 볼만하다.

연달아 '남북이산가족합동공연 북청사자놀음' 걸개를 앞세운 북청 사자놀음이 펼쳐진다.

북청사자놀음을 중심으로 전 출연진들은 원형을 그리며 춤춘다.

김동민이 이들의 생생한 현장 뉴스를 전하면 시나브로 조명이 그에게 집중되고, 나머지 사람들은 맞물리듯 어둠속에 잠기며 자연스럽게 퇴장한다.

김동민   (흥분을 감추지 못하며) 동방의 혈맥, 아시아의 허브, 그 물류 중심이 될 경의선이 새롭게 개통되는 역사적인 날입니다. 정말 가슴 벅찬 감격의 순간이 아닐 수 없습니다. 우리 민족의 숙원인 통일의 길목에서 도라산역 개통을 축하하는 여러 행사 중 하나로 여러분은 지금 특별히 초청된 남북이산가족이 합동으로 공연하는 북청사자놀음을 보고 계십니다.

오늘 이렇게 남북을 연결하는 도라산역이 개통됨으로써 남북이 하나로 어우러지는 모습, 기쁠 때나 슬플 때나 손에 손을 맞잡고 춤추고 노래하던 옛 조상들의 모습, 그 원형을 찾아가는 첫걸음이라는 생각이 듭니다. 그동안 막혔던 저 만주벌판으로, 저 시베리아로, 유럽으로, 가슴을 활짝 펴고 힘차게 뻗어나갈 날만을 기다려온 우리 한민족의 기상을 이제 그 어느 누가 막겠습니까? 맥박이 힘차게 뜁니다. 여기까지 반신불수의 몸을 이끌고 걸어온 우리네 질곡의 역사를 생각하면, 그 감회는 이루 다 말로 표현할 수 없습니다.

여기 제가 잘 아는 한 가족과 그 이웃들을 통해, 온전한 몸을 그리워하며 정신적 육체적으로 우리 모두 얼마나 철저하게 왜곡된 삶을 살아 왔는지를 돌이켜보면서, 다시는 이런 불행한 역사가 이 땅에, 아니 지구상 어느 곳에서도 되풀이되지 않기를 우리민족의 이름으로 기원하는 바입니다. 저는 현장 취재 차 도라산역에 나온 겨레방송 김동민 기잡니다. (인사하고) 자, 그럼 제가 그 가정을 처음 방문했을 때로 돌아가 보겠습니다.

암전.

2

무대 다시 밝아지면, 지남철의 방이다.

지남철이 방짜징을 만지고 있다. 방짜징에 대한 그의 애정은 거의 신앙에 가까울 정도다. 이따금 허리에 통증이 오는지 손으로 만지고 주먹으로 어깨를 가볍게 때리는가 하면, 허리를 쭉 펴보기도 한다. 이 동작은 이후에도 잊을 만하면 버릇처럼 되풀이되는데, 다분히 상징적이다.

지빛나가 김동민이를 데리고 온다. 지빛나의 손에는 음료수 박스가들려 있다. 김동민이가 산 모양이다.

지빛나   할아버지! 할아버지, 저예요, 빛나!

지남철   응, 빛나 왔구나.

지빛나   제 남자친구예요, 말씀드렸었죠?

김동민   안녕하세요? 김동민입니다.

지남철   올라와 앉아.

지빛나   올라 와. (방에 들어가서 음료수 박스를) 할아버지 이거.

지남철   (김동민을 보고) 뭐 이런 것까지. 고맙다. (젊은이들이 앉자) 그래, 엄마 아빠는 봤니?

지빛나   예. 친구가 할아버지 징에 관심이 많아요. 할아버지, 오늘은 저한테 안 해주신 얘기까지 다 해주셔야 돼요.

김동민   할아버지, 사진도 몇 장 찍겠습니다.

지남철   무시기, 사진까지.

김동민   할아버지께서 소중하게 간직하신다고 해서…….

지남철   뭐 귀한 물건은 아니고…… 나한테는 아주 소중한 물건이다, 이 말이지. (지빛나에게) 네가 너무 허풍을 떨었군 그래?

지빛나   전국 팔도 고물을 다 주워 모아 징을 만들기 시작하신 지가 벌써…… 내가 초등학교 들어가기 전부터시라니까…….

김동민   그동안 만드신 징만 해도 굉장하시겠네요?

지빛나   징을 만들면 뭐해? 다시 쇠골탕(도가니)에 집어넣고 새로 만들기 시작하시는데…… 시쳇말로 쉽게 말하면 말짱 도로묵, 도로아미타불이죠, 뭐.

지남철   그래, 빛나 네 말이 맞다, 허허허.

지빛나   (음료수 한 병을 꺼내) 할아버지, 이거 하나 드세요.

지남철   응 그래, 친구도 하나 줘라. (받아만 놓고) 이따 먹어야지.

지빛나   (김동민에게도 건네며) 오빠.

김동민   응.

김동민도 지남철이 마실 때 함께 마시겠다고 한쪽에 둔다. 그러고 본격적인 취재라도 할 태세다.

김동민   징은 구리에 주석을 섞은 놋그릇 같은, 적동·황동으로 만든다고 들었습니다.

지빛나 어, 공부 좀 해왔는데요?

지남철 (마음에 드는 듯 웃으며) 허허허, 징이라고 다 같은 게 앙이야. 그냥 기계틀로 찍어낸 거, 쇠골탕에서 녹인 쇠를 일일이 이 망치로 두드려 만든 방짜하고는 비교가 안 되지. 이 방짜라야 제대로 소리가 난다 이 말이야.

김동민 그동안 만드신 징이 마음에 안 드셔서 다시 쇠골탕에 넣으신 건가요?

지남철 아니야, 그게 아니고…… 빛나가 이야기 안 해주었구만 그래.

지빛나 징이 마음에 안 드실 때도 있겠지만, 뭔가 다른 이유가 있으신 거죠? 제 말이 맞죠, 할아버지? 벙어리 징!

지남철 이 징이란 게 시도 때도 없이 울릴 물건이 앙이지. 울려야 할 때가 있는 법이거늘, 팔짠지 방짠지 .

김동민 (얼른 이해가 안 가) 무슨 말씀이신지……?

지남철 내 생전에 이 징 한번 울릴 날이 올란지…….

허명수가 흰 고무신에 색안경을 쓰고, 목에 항상 걸고 다니는 망원경을 앞세워 흥얼대며 들어온다.
술기운이 있다.

허명수 (흥얼대듯) 누가 왔나 누가 왔나 지남철이 찾아~ 이봐, 지남철! 오뉴월 쇠부랄 늘어지듯 축 늘어진 처량한 인생말년에, 그놈의 징이 돈이 되나 밥이 되나. 허구한 날 붙들고 앉아서리…….

그러면서 가슴을 쓸어내리듯 터뜨리는 기침소리가 심상찮다.

지남철　이보라우, 병원에 가봤어? 벌써 어디서 한잔 걸쳤구먼 그래?

허명수　어디서 걸쳤겠어, 함흥집 아니면 내가 갈 데가 어딨겠나. 수풍댁이 챙겨주는 냉면 국물에 소주 한 컵…… (기침을 가까스로 참고) 왜, 내가 뭐 잘못됐어?

지빛나　안녕하세요, 고무신 할아버지?

허명수　오냐, 점점 더 예뻐지는구나.

지빛나　(김동민에게) 인사드려, 오빠. 할아버지 친구분이셔.

김동민　안녕하세요? 처음 뵙겠습니다. 빛나 친구 김동민입니다.

허명수　(괴팍스레 유심히 훑어보고) 흠, 사지육신은 멀쩡한 젊은이로구나! 우리 빛나가 예뻐지는 이유가 있었네. 그런데 오장육부도 건장한겨? 중요한 건 보이는 것이냐, 안 보이는 것이냐? 즉 다시 말하면…….

지남철　저, 저, 주책바가지, 또 시작이다. 영감탱이가 새카만 안경 하나 척 걸치고서리.

허명수　부럽다는 게야, 보기 싫다는 게야? 말꼬리를 맺어, 이 사람아. 그래, 색안경 땜에 매사가 삐뚤어지게만 보인다! 됐냐?

김동민　멋만 있으신데요.

지남철 멋은 무슨 얼어 죽을, 사실은 저놈이…….

허명수 (말을 막듯) 사실은 이 몸이, 니네 할아버지 별명을 붙였다.
쇠붙이만 보면 그냥 달라붙어요. 안 그런가, 지남철?

지남철 그래, 난 지남철이다, 이 애꾸야!

허명수 처음 보는 젊은이 앞에서 꼭 그렇게 까발려야 직성이 풀
려, 이 못된 친구야.

지빛나 전 할아버지가 색안경 벗으신 모습을 한 번도 본 적이
없어요. 고무신도 그렇고…….

지남철 내 이 징 울릴 때 저 고무신 벗는대나 어쩐대나…….

허명수 자네가 징소리 한번 들려주면, 나도 이 고무신 양손에
들고 허리춤이라도 한번 추어보겠네. 휘이, 허워이~.

상의 윗주머니의 손수건까지 꺼내들고 소리를 한다.
'바보 멍텅구리', 타령조다.

깜깜한 세상에 누가 불빛이 되어
세상을 밝히고 장벽을 깨뜨릴까
춤추고 노래할 그날을 기다리는
우리는 천하에 바보 멍텅구리

지남철 너나 바보 멍텅구리 해.

허명수 혼자서는 외로워. (노래하듯) 외로워서 싫어요~.

지빛나 고무신 할아버지의 소리는 언제 들어도 재밌더라.

허명수　소리야 네 할아버지가 잘 하셨다 하지 않던? 젊었을 때 한 소리 했다는데, 허풍인지 네가 직접 물어보렴. 하긴 영감쟁이가 누구한테나 변죽만 울리고, 제대로 이야기를 해줘야지. 비밀이 많아요. 징 만들기 전에는 칼도 만들었다더라. 나하고 만나기 전의 일이라, 자세히는 몰라요.

김동민　징과 관계되는 일이라면, 듣고 싶습니다.

지빛나　해주세요, 할아버지.

지남철　뭐 들을 게 있다고. 옛날에는 다 그렇게 살았는데 뭐.

지빛나　(졸라대듯) 할아버지~이.

지남철　(마지못해 웃으며) 오냐, 지금이니까 말이지만 아, 그때는…… (엿장수인 젊은 지남철로 돌아간 양 일어나 재담을 하듯 함경도 사투리로) 자, 왔슴메, 왔습니다요. (가상의 가위를 장단삼아 걸쭉하게 타령조로) 못 쓰는 쇠붙이나 코 떨어진 고무신, 부러진 쇠스랑, 쟁기 보습, 무쇠 솥단지, 금 간 화로, 놋그릇…… 쇠붙이면 뭐든 다 엿 바꿔드립니다. 오래된 마누라도 고물이면…….

허명수　그렇게 남한 전국을 떠돌아다니다가 간첩으로 몰려 초죽음 치도곤을 당했다며? 죽일 놈들!

지남철　(고개를 끄덕이며) 사람들이 두렵고 무섭고…… 나는 그날로 야반도주 하듯 서울로 올라가버렸지. 월남할 때 갖고 나온 이 징과 북만 챙겨서…… (지금 생각해도 어이가 없다고) 내가 서울 땅에서 처음 한 일이 뭔지 알겠나?

허명수   보나마나, 서울역이나 남대문 시장 날품팔이 지게꾼이
           겠지.

지남철   (틀렸다고 고개를 저으며) 허허, 타고난 역마살이 어디 가겠
           나. 징을 치며 이 골목 저 골목 돌아다니며 (그 당시의 목소
           리로) '뚫어! 뚫어! 굴뚝 뚫어!'

허명수   니네 할아버지 밑천 다 나온다.

지빛나   굴뚝을 뚫어요? 크리스마스 때 수염 달고…… 할아버
           지가?

허명수   어허, 큰일 났네. 이 처녀가 지 할애비 산타 만드네.

김동민   (안답시고) 그게 아니고…….

허명수   이 사람아, 징을 그런데 써먹으려고 가져왔던가? 왜, 그
           북치며 동동구리분 장사는 안하고?

지남철   좌우지간, 사람이 무섭고! 그 신명나던 소리가 안 나오
           는 게야.

지빛나   (불쌍하다고) 할아버지.

김동민   얼마나 충격이 크셨으면…….

지남철   나는 그때 징이고 북이고 다 깨버리고, 소리도 접어버렸
           어. 그저 벙어리처럼 시장 주변 음식점을 돌며 칼을 갈
           아주면서 목구멍에 풀칠을 시작한 게야. 가슴에는 한이
           라는 칼날을 갈면서…….

허명수   지남철이 칼잡이라!

지남철   그래, 내가 칼잡이 해서 훔친 건, 딱 하나! 그게 바로 빛
           나 할미니까. 단골 식당에서 일하던 아가씨였는데, 마음

이 비단결 같았지.

허명수   북의 처자를 두고 마음이 흔들렸을 만큼?

지남철   그래.

허명수   빛나야, 여기서부터 잘 들어라. 너의 운명과도 직결되니까니. (신파조로) 자, 그리하여 살림살이를 시작했던 것이었다~?

지남철   그래, 그 수더분한 아가씨의 마음을 훔친 후 난 가슴에 품었던 칼을 버렸네.

허명수   새로 맞아들인 아내 덕분이군.

지남철   그렇지, 나는 그때부터 이북 사투리조차 버리고 서울말을 배우려 노력했어. 한마디로 모든 걸 확 바꾸려고 애썼다고나 할까?

허명수   그래, 우리 모두 고향의 말을 잊으려고 무던히도 노력했었지.

지남철   그런 세월도 잠시 내 아내는 빛나 애비를 낳다가 그만 숨을 거둬버렸네.

허명수   히잉, 지지리 복도 없는 사람들 같으니라구. 에이그, 박복한 친구야!

지남철   박복하기는 빛나 애비도 마찬가지야. 개도 마음고생 많이 하면서 자랐지.

허명수   자네 속도 많이 썩였다면서?

지남철   한창 사춘기가 될 때까지 애비로서 따뜻한 말 한마디 못해주었어. 그저 세상살이가 힘들어도 구박, 제 에미가 생각나도 구박…….

허명수 구박, 구박…… 애가 무슨 죄가 있다고서리.

지남철 그러게 말이다. 장가 들고 빛나 낳을 때까지 내 지청구가 끝날 날이 없었어. 오죽했으면 해병대 자원입대해서, 월남까지 가버렸을까.

지빛나 그래도 월남참전용사라고 얼마나 뽐내시는데요.

허명수 (괜히 신이 나서 짐짓 어깨에 힘을 주고) 그래서 빛나 아빠는 내 자랑스러운 후배가 되었던 것이었다.

김동민 할아버지는 한참 선배님이시겠네요?

허명수 고럼.

지남철 좌우지간, 해병대 창군 멤버라고 얼마나 으스대는데?

허명수 이 사람아, 내가 내세울 게 그것밖에 더 있는가? 그래, 대한민국 해병대로 제대한 아들이 어떻던?

지남철 완전히 딴사람이 돼서 돌아왔다만. 군대가 사람을 만들어. 제대하자마자 이 가게를 도맡아 하게 되고 말이야.

허명수 괜히 해병이냐? 귀신 잡는 해병대는 어디가 달라도 달라요.

지남철 모두가 다 제 어미 덕분이지. 그 빛나 할미가 일했던 음식점 사장이 여러 가지로 많이 도와줬으니까.

허명수 그나저나 자네 아들이 선배 대접한답시고 끌고 오는 바람에, 여차저차 이러쿵저러쿵 삼팔따라지…… 그 인연이라는 게 참 묘하지. 이렇게 돌고 저렇게 돌고, 여기서 만나고 저어기서 헤어지고…… 어쨌든, 그래서 자네하고 나하고 친구된 거 아닌가?

지남철　나보다 나이가 어린 줄 알았으면 친구 안 해주는 거인데…….

허명수　나이를 더 많이 속인 건 엄연히 자넬세. 수인사 때 자네가 물경 세 살이나 낮춰 불렀잖았는가?

지남철　무시기, 얼굴이 팍삭 골은 자네는 맘 놓고 두 살 올려 부르고? 다섯 살이나 차이가 나는데도 친구해주는 거, 이거 고맙게 생각해라, 이 애꾸야.

허명수　그럼, 지금 와서 형님이라고 부르랴?

지남철　싫다 이놈아, 징그럽게시리.

김동민　(웃으며) 두 분 나이 차이가 있으신 데도 이렇게 스스럼없이 지내는 모습이 참 보기 좋습니다.

지빛나　저는 그렇게 나이 차이가 나는 줄 몰랐어요.

허명수　그렇지?

지빛나　우리 할아버지가 훨씬 더 젊어 보이시는데요.

허명수　예끼 놈, 지네 할아버지라고…… 그래서 첫 만남이 소중한 거예요. 까딱 잘못했으면 평생 형님으로 모실 뻔 했잖아. 안 그런가, 남철 동무?

지남철　저어저저, 젊은 빛나 친구 앞에서리…… (김동민에게) 이 늙은이들이 말을 너무 많이 한 건 아인지 모르겠다이.

허명수　말이 많긴 많았지. 하지만 한 가족이 되려면 알 건 알아야지. 희극이건 비극이건 가족사 아닌가? 더군다나 기자라는데, 이런 게 자연스럽고 진솔해서 얼마나 좋아. 안 그런가, 젊은이?

김동민 네, 기회 있을 때마다 빛나 씨가 할아버지 자랑을 얼마나 하는데요. 특히 징을 만드신다고.

허명수 징이 좋아?

김동민 예, 지금까지는 그저 사라져가는 방짜징에 대해서…….

허명수 징, 징글징글 징그러워, 젊은 사람이 고리타분하긴.

지빛나 고리타분하지만 사라져가는 것이 그립고 옛것이 새롭다, 뭐 그런 거죠.

허명수 가재는 게 편이구나.

지빛나 (웃으며 김동민에게) 우리 할아버지의 진짜 모습을 보려면 아직도 멀었어.

지남철 그 정월 대보름에 마을사람들과 어울려 (생각만 해도 흥이 올라 잠시 어깨춤 동작까지) 사자놀음 하던 그때가 눈에 선하이. 지금도 고향에 내려가 그 많은 사람들과 어울려 이 징 울리면서 막걸리 한 사발 마셨으면 원이 없겠다. (그때 그 시절을 꿈결처럼 떠올려본다)

허명수 이 사람 순 풍각쟁이였구만.

지빛나 할아버지…… 내 이럴 줄 알았어. 오빠, 우리 동아리에 꼭 한번 모셔야겠다.

김동민 (일어서며) 막걸리 제가 나가서 사올까요, 할아버지?

전화벨소리가 울린다.

지남철　무시기, 벌써 시간이 이렇게 됐나? 니 엄말 게다, 전화 받아라. 이보우, 자네도 들어가서 저녁 함께 먹세.

허명수　싫다. 오랜만에 네 식구들이 다함께 식사하는데, 내가 왜 끼여? 난 일없다네.

지빛나　함께 가세요.

김동민　그러시죠, 어르신.

지빛나가 전화를 받는다.

지빛나　엄마 지금 곧…… 누구세요? 네, 저희 할아버지신데요? 실례지만, 어디세요? 예? 정보과요?

지남철　(꺼림칙해서) …… 어디래냐?

지빛나　정보과라는데, 몇 가지 확인할 일이 있대나 봐요.

지남철　(혼잣말로) 무시기 정보과……?

모두들 조금은 긴장한 표정으로 지켜보는 가운데, 지남철은 지빛나 한테서 수화기를 건네받는다.

지남철　예, 전화 바꿨습니다. 내가 지남, 아니 지석철입니다요. 무시기, 만수대예술단요? 누구요? 지복원…… 지복원이라…… 잘 모르겠는데요. (갑자기 심장이 멈추듯) 예, 이순희요? 이순희의 유복녀가 지복원, 복원이 오빠가 종원…… (더 이상 복받치는 감정을 다스리지 못하고) 예, 그럼 맞

21

아요, 맞소! 맞소! 지금까지 딸이 있는 줄 몰랐는데, 내 딸 복원…… (수화기를 잡은 채 충격을 못 이겨 기어이 쓰러진다)

지빛나 (어리둥절 부축하며) 할아버지!

허명수 자네, 와 이러나? 딸이 있다니…… 정신 차리게! 지남철!

김동민 (수화기를 빼앗듯 붙들고) 여보세요, 여보세요!

암전.

3

전화벨 소리와 함께 무대 밝아지면, 함흥 냉면집이다.

지빛나 받아봐, 엄마.

박정선 얼른 받어.

지빛나 (수화기를) 네, 함흥집입니다. 아 예, 정기휴일인데요. 죄송합니다, 다음에 시켜주세요. 네.

전화를 끊자, 지남철이 나오며.

지남철 애비 전화니?

지빛나 아닌데요. 아빠는 정말 너무하셔. 식구들이 이렇게 걱정하는데…… 도대체 지금 몇 시야?

지남철 아니 이 해거름이 다 되도록 소식이 없다니, 나갈 때 무슨 이야기가 없었니?

박정선 새벽에 나갔나 봐요. 으레 약수터에 간 줄 알았죠.

지남철 그 또 해병대 전우흰가 거기서 등산이라도 함께 간 게 앙이가? 그래, 연락들은 해봤어?

박정선 되레 그 쪽에서 찾는 전화가 왔었어요. 집에 두고 간 애비 핸드폰으로요.

지남철 뭐야, 핸드폰도 안 갖고. 그럼 어디로 갔단 말이야?

지빛나	가방도 챙겨나가셨다며?
박정선	(할아버지 걱정 끼친다고) 빛나야!
지남철	무시기, 가방까지 챙겨서?
박정선	별거 아녀요. 특별히 넣고 간 물건도 없는 것 같구요.
지남철	이놈이 또 그 어릴 적 몹쓸 병이 도졌나 보다. 군대 갔다 와서 다 고쳤는가 했더니!
지빛나	할아버지, 아빠한테 무슨 병 있어요?
지남철	있지, 통일 알레르기 고질병! 이북 네 고모 만나겠다니까 이러는 게 틀림없다. 이 못난 놈을 그냥…… 에잇! (휙 잉 나간다)
지빛나	할아버지 어디 가서요?
박정선	아버님.
지남철	일없다.
지빛나	(지남철이 문 닫고 나가자, 곰곰 생각하며) 통일 알레르기 고질병이 뭐야 엄마?
박정선	(속상하다고 안으로 들어가며) 난들 어떻게 아니!

지망원이 해병 전우회 복장으로 등장한다. 왼손에는 배낭 형 가방, 오른손에는 작은 한반도기가 들려 있다.

지빛나	아빠! (한반도기를 가리켜) 그건 뭐야?
지망원	응, 이거…….
박정선	(다시 뛰어 나오며) 여보, 여태까지 어디 갔다 오는 거예요?

아버님 못 봤어요? 방금 나가셨는데…… 여보, 아버님을
이해하셔야 돼요.

지빛나 그래요, 아빠. 이건 할아버지의 잘못이 아니잖아요. 물론
할아버지 개인의 역사지만 우리 가족사이자 한반도 공
동체의…….

지망원 지금 무슨 말들을 하는 거야?

박정선 뱃속에 있는 것만 알고 헤어졌던 딸이 예술가로 성공
해서 아버지를 만나겠다는데…… 당신 누나예요. 망원,
복원!

지망원 복원, 종원…… 여보, 나 이 지망원이, 어머니 이름을 당
신과 결혼하고 혼인신고하면서 처음 알았어. 그래, 나한
테도 어머님이 계셨지. 이름 석 자가 뚜렷한! 그때부터
새로운 힘이 생기던데? 뭐랄까? 사는 보람, 희망, 의무,
책임, 그래 책임감! 당신도 새롭게 다가오고. (감정 없이 건
조하게) 엄마도 형제도 없이, 오직 혼자뿐인 아버지 밑에
서 자랐다. 그런데 갑자기 가족이라니, 난들 왜 그런 생
각이 안 들었겠어?

박정선 당신 마음은 이해하지만, 이북에 계신 큰어머님과 형님,
누님을 인정하셔야 돼요.

지빛나 다 같은 할아버지의 핏줄이잖아요.

지망원 할아버지가 무슨 말씀을 하셨어? 다 너같이 철없던 시절
의 이야기야. 그래, 어릴 땐 정말 통일이 싫었다. 아버지
를 이북의 가족들에게 뺏기고 싶진 않았으니까.

박정선   왜 뺏긴다고 생각하세요, 찾는 거죠.

지빛나   그래요, 엄마 말이 맞아요. 헤어진 가족은 다시 만나야 해요.

지망원   그럼, 당연히 만나야지. 초등학교 다닐 땐가, 곧 남북통일이 될 것 같은 사회 분위기에 잠을 못 잔 적이 있었어. 할아버지를 밤새 지키다 못해 신발을 감춰놓고서야 겨우 잠들었던 기억이 지금도 생생해.

지남철이 헛기침을 하며 돌아온다.

지남철   애비야, 만나지 말까? 그게 좋갔니?

지망원   무슨 말씀을요. 만나셔야죠. 아버지께서 북에 계신 가족을 만나는 게 싫어서가 아니라 제 마음이 뭔가 답답해서 바람도 쏘이고, 한번 큰 숨도 쉬고…… 그러고 싶었습니다. 아버진 이북에 큰어머님과 형님이 계시다고 늘 말씀하셨죠. 생일 때나 명절 때는 물론이고, 자반 한 마리만 구워먹어도 북쪽 식구 걱정을 하셨어요. 에고, 목숨이나 부지하는지, 이런 괴기 한 점 먹였으면…… 아버진 제게 가족이 있으니까 외로워 말라고 그러셨는지 몰라도, 저는 왜 그 말이 언제든 그들에게 돌아갈 수도 있다는 말로 들렸는지…… 아버지가 그때처럼 야속할 수가 없었죠. 전 너무 외로웠어요.

지빛나   (마음의 소리로 혼잣말처럼) 불쌍한 우리 아빠! 어린 마음에 얼마나 불안했으면…….

지망원 일단 장막이 하나 걷히니까 내 마음이 아주 시원하다.

지빛나 (안심이라고) 할아버지.

지남철 어 그래, 빛나야.

박정선 (짐짓 놀릴 여유가 생겨) 도대체 어디 갔다 온 거예요? 가방까지 챙겨 가가지고, 완전히 가출한 줄 알았잖아요.

지망원 도라산역!

지남철 도라산역? 꽤 먼 거리일 텐데?

지망원 네, 아버지. 통일로를 달려 파주, 문산, 통일대교를 건너 도라산역까지 왕복 100킬로 거리죠. (지빛나에게) 오늘 통일기원 시민 자전거 대행진에 참가했다!

지빛나 아빠가? 와!

박정선 자기가 무슨 대단한 밀사(密使)라고 통신조차 두절시키고…… 갑자기 무슨 바람이 불었는지, 원.

지망원 북풍!

지남철 무시기, 북풍?

지빛나 (대단한 아빠라고) 호호…….

지망원 북의 누님 소식을 듣고 밤새 생각해보니까, 왠지 그런 행사에 한번 참석하고 싶더라고. 어려선 아버지 손에 이끌려가던 그 길을 이제는 나 혼자서…… 그냥 혼자서. 빛나야, 꼭 핏줄기 같더라. 흰옷 붉은 옷을 입고 핸들엔 한반도기를 달고 자전거 페달을 힘차게 밟는 사람들의 행렬이 꼭 핏줄기 같더라. 흰피톨, 붉은피톨이 어디론가

끊임없이 달려가고…….

지빛나 동맥과 정맥 같은 거 말예요?

지망원 응, 그 거대한 흐름을 누구도 막을 수 없을 것 같더라. 머잖아 막힌 혈맥이 뚫리고야 말 것이라는 확신도 서고. 북의 누님이 아버지를 만나겠다는 것도 같은 흐름이라고 봐요.

지남철 애비야.

지빛나 아빠.

지망원 (한반도기를 건네며) 자식이 부모를 찾고, 부모가 자식을 만나시겠다는데 말리는 자식도 있겠습니까, 아버지? 천륜인데! (박정선에게) 여보, 아버지 텔레비에도 나오실지 모르니까 여러 가지로 신경 좀 써드려. 이북의 큰어머님이 보시고 속상하지 않게…….

박정선 알았어요.

지망원 그리고 빛나도 잘 입히고, 우리 옷도 미리미리 좀 챙겨 놓고…….

박정선 (얼굴이 활짝 펴져) 이이가…… 걱정 말아요. 아버님 검정 두루마기 새로 한 벌 맞춰드릴게요.

지망원 그래그래.

박정선 (지남철에게) 아버님이 가보처럼 물려주신 옥가락지 꼭 낄거예요!

지남철 (흐뭇하여) 응, 그래.

지빛나 역시 우리 엄마 아빠는 속이 깊어요. (웃기느라) 나도 엄마 아빠를 꼭 닮았나 봐?

지망원 빛나야, 우리 다 함께 고모 만나러 가자.

지빛나 네.

지남철 애비야, 정말 고맙다!

수풍댁 (휴일 나들이에서 돌아오는 듯 호들갑스레 등장하며) 호호호……
제가 뭐랬지요? 우리 사장님은 할아버지의 뜻을 거스를
양반이 아니라고 말씀드렸지요? 이제야 웃음꽃을 되찾
았시유. 그날은 할아버지 나오시나 하루 종일 텔레비 틀
어놔야지. 고무신 할아바지 하고.

모두들 웃는데,
암전.

4

무대 다시 밝아지면, 식당식 극장인 지복원의 공연장이다.

지복원은 북한가요 〈휘파람〉 전주곡이 흐르는 가운데 스포트라이트를 받으며 공연무대에 섰다.

지복원   반갑습네다 여러분, 박수 좀 치시라요.

박수를 받으며 율동을 곁들여 〈휘파람〉을 부른다.

어제 밤에도 불었네 휘파람 휘파람
벌써 몇 달째 불었네 휘파람 휘파람
아름다운 꽃다발 안고서 휘파람 불면은
복순이도 내 마음 알리라 알아주리라
휘 휘휘 호 호호 휘휘 호호 호
휘 휘휘 호 호호 휘휘 호호 호
아 아아 휘파람 아 아아 휘파람
아 아아 휘파람 휘휘 호호 휘파람
휘휘 호호 휘휘 호호 휘휘호호 휘파람

노래 부르는 중간에 검정두루마기 차림의 지남철과 가족들인 지망원, 박정선, 지빛나가 들어와 조심스럽게 자리를 찾아 앉는다.

지정 가족석에는 고급 테이블보에 꽃바구니 정도가 놓여 있다.

노래를 끝낸 지복원이 관객에게 인사말을 한다.

지복원 남녕 동포 여러분, 안녕하십네까? 저는 피양(平壤)에서 온
춤추고 노래하는 지복원입네다. 제 이름 복원이는 복의
근원, 원상회복이라는 뜻도 있지만, 무엇보다도 유복녀
(遺腹女)라는 뜻이 더 강합네다. 저를 오마니의 뱃속에 두
고 떠나신 아바지가 난리통에 돌아가셨다고 생각한 거
디요. 제가 자라면서 우리 가족의 가슴엔 아바지의 죽음
을 인정할 수 없다는 공감대가 싹트고 있었습네다. 그것
은 제가 유복녀가 아닐 수도 있다는 희망이 아니고 그
무엇이겠습네까! 저는 아바지를 찾기 위해서 어떡해서
든 유명해져야 된다고 생각했습네다. 소장 민속학자요
대학교수였던 제 오빠 지종원 박사 역시 국내외를 드나
들며 아바지 소식을 수소문하다가 그만 비행기 사고로
숨지는 슬픔도 겪었습네다. 저희 남매를 키우며 평생 수
절하신 오마니가 꿈에서라도 그저 한번 만나보고 싶어
하시는 아바지, 아바지에 대한 그리움이 바로 이 무대에
까지 서게 한 것입네다. 이제 아바지를 만나 헛제사 안
지내도 좋고 고아신세도 면했으니, 시집 좀 갈랍네다. 내
레 이래봬도 숫처녀니끼니 좋은 사람 있으면 소개 좀 해
주시라요. 남남북녀 아닙네까? 그럼, 여기 나와 계신 우
리 아바지에게 큰절 한번 올리겠습네다. (지남철에 이끌리듯

다가가서 큰절을 올리고 허물어지듯 안긴다)

지복원   아바지!

지남철   복원아! 내 딸 복원아!

지복원   아바지! 어케 살으셨습네까?

지남철   내가 죄가 많다.

부녀가 상봉하여 통곡하듯 끌어안고 흐느끼는데,

서서히 암전.

5

허명수　　어, 남철!

허명수의 외침과 동시에 무대 밝아지면, 함흥집에서 그와 수풍댁이
지남철 부녀의 상봉 장면을 TV로 보고 있다.
허명수가 흥분하여 수풍댁의 손을 덥석 잡고 의자에서 벌떡 일어
났다가 앉으며 어찌 할 바를 모른다. 수풍댁도 TV에 눈이 팔려 함
께 난리다.

수풍댁　　할아버지!
허명수　　지남철!
수풍댁　　빛나 할아버지!
허명수　　텔레비 나왔다. 남철이 텔레비 나왔다. 남철아, 네 임마.

졸지에 손목을 잡힌 수풍댁이 처음에는 짐짓 좋아하다가 점점 손
목이 조여 아파오자 손을 빼려고 용을 쓰는 표정이 코믹하여 웃음
을 자아내게 한다.

수풍댁　　아파요. 영감님, 아파요. (TV도 봐야하고 바쁘다) 할아버지!
허명수　　지나갔다.

상봉 장면이 지나가자, 허명수는 그때야 수풍댁의 손목을 풀어주고 손수건을 꺼내 눈물을 닦는다.

수풍댁이 리모콘으로 TV를 끈다.

허명수 누구는 딸을 잘 둬서 텔레비도 나가는데…… 이집 영감탱이는 좋것다.

수풍댁 (아프다고 손목을 만지며) 그게 부러우시면 함께 나가시지 그러셨어요. 빛나 할아버지가 몇 번이고 권하실 때는 한사코 손사래를 치시더니, 이제는 후회되시는 모양이디요? 옆에 시미치 떼고 딱 앉아 계시면 카메라에 잡힐 거 아니겠습네까? 그러면 덩달아 묻혀서 텔레비 한번 나가보는 거지, 그게 뭐가 어렵다구요.

허명수 그게 어디 나가는 게야? 애들 말따나 무늬만 나가는 게지. 워낙 심장도 안 좋고.

수풍댁 충격을 조심하시라요.

허명수 그나저나 늙은이 복도 많지, 남북으로 효자 효녀를 뒀어. 나도 일찌감치 장가나 갈 걸. 애꾸눈 병신하고 누가 살아줄 여자가 있어야지.

수풍댁 거짓말 마시라요. 있잖아요.

허명수 누구?

수풍댁 저요. 저는 여자가 아닙네까?

허명수 수풍댁이야 연변에 중학교 다니는 아들하고 남편이 있잖는가? 임자가 있는 사람이 그러면 쓰나. 더군다나 남편이 거동조차 불편한 환자라면서.

수풍댁   그래서 남편이 이혼해줬다고 했지 않았습네까? 저라도 벌어서 먹여 살려야 하니까요. 잘 보셨디요? 제가 만들어드린 서류…… 구청에 가셔서 신고만 하시면 우리는 서류상 부부가 됩네다.

허명수   그건 엄연히 위장결혼이지. 이 늙은이가 좋아서 그런 건 아니잖은가. 이번 특별조치 기간이 끝나면, 강제 추방당할 판이라 궁여지책으로.

수풍댁   궁여지책이라뇨? 제가 서류를 떼어드린 것은 특별조치 전이지 않습네까? 위장결혼은 분명하지만, 궁여지책으로 갑자기 결심한 건 아니디요.

허명수   그게 그거다. 하긴 그까짓 종이쪼가리가 무슨 소용 무슨 의미가 있겠어. 중요한 건 마음일 테지.

수풍댁   그러니까 제가 싫으시면 그저 서류상으로만…… 하늘처럼 떠받들겠습네다. 영감님한테는 요만큼도 신세 안 질 테니까, 저 좀 살려주시라요. 네, 영감님?

배낭 속 물통 물을 작은 주전자에 따라 컵 속의 양파에게 주는 등 허명수의 동작이 하릴없다.

허명수   몸이 멀리 떨어져 있으면 마음도 멀어지는 법이야. 웬만하면 이참에 고향으로 돌아가 가족과 함께 살아요.

수풍댁   가족과 함께 살려고 이러는 거디요.

허명수　　라면을 끓여 먹어도 몸 붙이고 함께 살아야 가족이지. 그러다가 우리네처럼 영영 헤어져 살지도 몰라요. 이토록 가족의 생사조차 모르고 살지, 뉘 알았겠어? 이산가족은 우리세대로 족해요.

수풍댁　　저도 아까 텔레비를 보면서 이런 생각을 했지요. 50년도 더 전에 헤어진 가족들이 만난다고 이 난리 저 눈물바다인데, 나는 왜 예까지 흘러와서 지금 뭘 하고 있나…… 한심한 생각이 절로 나고…… 우리 연변 조선족은 지금도 불법까지 저지르며 끊임없이 이산가족을 만들고 있는 셈이디요. 가난이 전쟁보다 더 무섭습네다.

허명수　　허허, 이 사람 세상 달관하네. 하긴 수풍댁을 보면 세상살이가 전쟁이라는 걸 실감해. 목숨 부지하려고, 미상불 하루하루 전투를 치르듯 치열하게 세상을 살아가니…….

수풍댁　　그놈의 웬수 같은 돈이 뭔지…… 오죽했으면 남편하고 이혼까지 했겠어요. 그렇다고 뭐 달라진 건 아무것도 없네요. 가족을 책임져야죠, 어떡해서든 돈을 벌어서 빚도 갚고 고향에 작은 구멍가게라도 하나 장만할 때까지는 여기서 버텨내야 해요. 영감님, 저 좀 도와주시라요. 네, 영감님?

허명수　　수풍댁이야 버티든 말든 나는 양파 물이나 뜨러 가야겠다. (물통을 배낭에 도로 넣고 떠날 채비를 한다)

수풍댁　　빛나 할아버지 안 기다리시구요?

허명수   팔자 좋은 양반을 어느 하 세월에…….

수풍댁   밤이 늦었는데요?

허명수   가다가 못가면 쉬었다 가지.

수풍댁   어디로 가시는데요?

허명수   안 가르쳐줘.

수풍댁   설마 수풍댐은 아니시겠지요?

허명수   왜, 수풍댐으로 간다. 압록강 물새도 만나고.

수풍댁   일주일마다 임진강에 기차 타고 가신다는 걸 제가 모를 까봐서요? 꼭 그 물을 양파에게 먹여야 해요? 수돗물 때 문이라면 가까운 약수터도 얼마든지 있는데! 볼품도 없 는 양파를 왜 굳이 물재배로 키우십네까? 남의 식당에 서…….

허명수   임자는 왜 남의 식당에서 일을 하나? 남의 나라에서?

수풍댁   남의 나라라니요?

허명수   자기 나라에서 쫓겨나는 국민 봤는가?

수풍댁   잘못하면 쫓겨나지요, 뭐.

허명수   이곳에서 위장결혼을 해도, 자녀포기 각서는 진짜로 쓴 다며?

수풍댁   아니, 그걸 어떻게 또 아셨습네까?

허명수   (짐짓 망원경을 들여다보며) 내가 앉아서 천리, 일어서서 구만 리를 본다네, 이 사람아.

수풍댁   에이, 거짓말쟁이. 마누라도 없으면서.

허명수   (수풍댁의 말투를 흉내) 에이, 깍쟁이. 아들 하나 있다고.

수풍댁 (웃으며) 에이, 몰라요.

허명수 (배낭을 들쳐 메고 떠날 듯) 오늘따라 경의선 기차를 타고 끝까지 달려갔으면 좋겠다. (혼잣말처럼) 에이, 이 밤에 미친 척하고 훌쩍 넘어갈까 보다. (아리랑 가락을 흥얼대듯) 나를 버리고 가시는 임은~

수풍댁 임은 여기 있지 않습네까? 연변댁이 싫으면 그래요, 차라리 달관댁, 세상을 달관한 달관댁이라고 불려지고 싶은데, 수풍댁이라고 부르는 이유가 뭡네까?

허명수 그렇게라도 고향을 한 번 더 불러보고 싶어서다, 와?

수풍댁 에이, 엉터리 영감님! 제가 영감님 마음을 잘 모를 줄 알고요? 저도 다 압니다요. 괜히 그렇게 의뭉 떨며 그러지 마시고…… (저돌적으로 볼에 키스 세례를 퍼부으며 매달리듯) 저와 결혼해주시라요. 네, 영감님!

허명수 (숨이 막혀 기절이라도 하듯 쓰러지는가 하면 갑자기 몸이 경직되어 눈을 꼭 감는다) …….

수풍댁 (눈꺼풀을 열어 입김이라도 불어넣을 듯) 영감님, 영감님! 아니 갑자기 왜 이러십네까? 이렇게 쓰러질 몸이라면 저한테 장가나 드시지 않고요. 아까워서 안 돼요, 영감님. 정신 차리시라요, 영감님!

허명수 (눈을 부릅뜨며 장난기 있게) 정신 차렸다, 와?

수풍댁 (눈을 흘기며) 아이고, 영감님은. 절 놀리시느라고 우정 그러셨구나. 깜짝 놀랐잖아요. 영감님.

허명수의 장난기에 맞장구치듯 겨드랑이에 간지럼까지 태우자, 허
명수는 배낭을 챙겨 도망치듯 피한다.
수풍댁은 술래잡기하는 아이처럼 뒤쫓는다.

허명수   (싫지만은 않은 듯) 이거 왜 이래, 간지러워요, 간지러워. 심
장 멎어요, 하지 말아요. 수풍댁, 심장 멎어…….

무대 양쪽에 떨어지는 동그란 조명 속에 갇혀 두 사람은 각각 서로
다른 자기 처지의 망향가를 부른다.
망향가의 곡은 같은데 가사 내용은 다르다.
허명수가 자신만의 조명 속에서 먼저 부른다.

압록강 맑은 물 그리운 고향
눈앞에 보일 듯 생생하구나
돌아보면 가슴시린 눈물 젖은 내 고향
가슴 깊이 묻어두고 차라리 잊으리라
나 죽어 물새 되어 훨훨 날아가리
가슴 속 살아있는 내 고향으로

이어서 수풍댁이 받아 부른다.

힘들게 찾아 온 나의 조국 땅
이제는 타향처럼 차갑기만 하네

생살 같은 가족 두고 어찌 나 여기서 눈물짓나
보고 싶어 보고 싶어 언제나 만나려나
견디리라 참으리라 그래도 내 조국인데
다시 볼 그날까지 견뎌 내리라

양쪽 동시 조명 속에서 두 사람 함께 부른다. 남녀 화음을 맞추되, 수풍댁은 자기 처지에 맞게 바뀐 가사로 부른다. 아래 따옴표하고도 괄호 안 부분이다.

돌아보면 가슴시린 '눈물 젖은 내 고향 (눈물겨운 내 피붙이)'
가슴 깊이 묻어두고 '차리리 잊으리라 (만날 날 기다리리)'
'나 죽어 물새 되어 훨훨 날아가리 (힘든 세상 참으며 견뎌 내리라)'
'가슴 속 살아있는 내 고향으로 (그래도 여기는 내 조국인데)'

암전.

6

허명수의 기침소리에 무대 다시 밝아지면, 함흥집이다.

하루 장사도 다 끝났는지, '오늘 하루 냉면 공짜!'라는 방을 떼어내는 지망원이다. 박정선과 수풍댁의 마무리 손길이 바지런하다.

한쪽 탁자를 차지한 허명수가 술잔을 비운다.

수풍댁 (은연 중 허명수를 의식하며, 뭐가 신날 일이 많다고 흥얼거리듯) …… 잡힐 듯 말 듯 하고요, 우리 님 심중은 알 듯 말 듯~

지남철 (수풍댁에게) 오늘 수고했네. (술을 마시는 허명수와 마주 앉으며) 이제 그만 마시게, 이 친구야. 몸도 골골하면서…….

허명수 오늘 같은 날은…….

수풍댁 복덕방 구씨는 얄미워 죽갔시유. 아무리 공짜라고 세 끼를 그냥 와서 먹네요.

박정선 (허명수가 듣는다고) 괜찮아요.

허명수 그래, 딸을 만난 소감이 어떠냐? 손자도 하나 있다며? 외손이야, 친손이야?

지남철 아, 친손이지. 빛 광자 한 일자, 광일(光一)이!

허명수 아들은 자네 만나러 다니다가 운명했대지? 자네 딸이 하던 말을 들었네.

지남철 그리움도 유전인지, 대물림인지…… 제 새끼한테 고스란히 물려주고 갈 게 뭐람. 광일이 에미가 딴 데로 개가

하는 바람에, 그 어린 것을 지 고모가 키웠다는구먼.

허명수 (말을 돌려, 짐짓 부럽다고) 자넨 역시 검정 두루마기야. 텔레비에 나온 모습이 제법 근사하던데?

지남철 아직도 꿈을 꾸고 있는 것 같다이.

허명수 그렇게 따지면 인생도 다 꿈이지.

지남철 이보, 자네도 가족 찾기 신청해봐. 육로도 이미 뚫린 셈이고, 머잖아 철마도 달리고 싶은 대로 달리고, 이산가족도 자유롭게 왕래할 수 있다니, 이참에 신청해두라고.

허명수 철마는 달리고 싶다!

지남철 그래, 기적소리 울리면서 남에서 북으로, 압록강너머 저 만주 벌판까지……

허명수 (꿈에 겨워) 그래, 피양에 가서 경평(京平) 축구 관전도 하고?

지남철 그래.

허명수 나는 찾을 가족이 없다네. 압록강변에서 홀딱 벗고 멱감으며 함께 뛰놀던 장조카가 혹 살아 있다면 몰라도……

지망원 그건 저한테 맡겨주십시오. 제가 이북 5도청이나 통일부에 알아보고, 제가 다 알아서 하겠습니다. 선배님, (불끈 쥔 주먹을 들어 보이며) 하면 된다! 안되면 되게 하라!

지남철 그래, 이 늙은 해병 꼭 좀 신청하거라. 괜히 수풍댁이니 양파니 하고 청승떨지 말고……

수풍댁 그래요, 신청하시라요. 그게 뭐가 어렵다고 그러는 거디요. 빛나 할아버지는 그새를 못 참아 할마니를 직접 만나러 가시겠다는데…….

박정선 (입이 가볍다고) 수풍댁!

수풍댁 (스스로 입을 때리며) 아니에요, 아니에요. 에이그, 참!

허명수 무슨 소리야? 자네, 마나님 만나러 가?

지남철 으응, 자네한테까지 숨길 필요가 뭐 있갔어? 딸을 만나고 난 후, 하루라도 빨리 못 보면 그새 무슨 일이라도 일어날 것만 같네. 그 사람이 평생 수절하며 살고 있다는데…… 몰랐으면 모를까, 하루라도 견딜 수가 없다네.

허명수 그새 이북에서 초청이라도 했단 말이냐?

지남철 아니야, 그게 아이구…….

박정선 (걱정스레) 아버님!

지남철 괜찮다. 이 애꾸가 당국에 고발이라도 하갔어? 이번에 저 수풍댁이 많이 도와주기로 했다.

허명수 무슨 말을 하는지, 도통…….

지빛나와 김동민이 뛰어서 등장한다.

지빛나 할아버지! 할아버지, 확인했어요. 가능하대요. 오빠가 알아봤는데, 서로 약속만 맞으면 두만강이나 압록강에서 나룻배를 타고 물놀이하듯 만날 수 있대요.

지남철 그래?

김동민 네, 할아버지. 그런 식으로 상봉하고 온 사람들을 직접 만나 취재해봤습니다. 이북과 중국이 강을 서로 공유하는 셈이지요.

수풍댁 내 말이 맞디요? 전에는 나룻배를 타고 강물 따라 내려가면서 바람결에 만났다지만, 지금은 완전히 달라졌다고 말씀드리지 않았습네까?

김동민 국경도 강에서 한 발짝까지는 괜찮고, 두 발짝부터 체포한답니다. 잘하면 강변 산골농가에서 비밀리에 만날 수도 있구요. 이북 장마당엔 브로커들이 많대나 봐요.

수풍댁 우리 연변에선 그 강변 산골 농가를, 남북 이산가족들의 관광코스라고 그러디요.

박정선 (지빛나와 김동민에게) 수고들 많았다. 자, 들어가자. 너희들 밥 안 먹었지? (어른들끼리 이야기 나누시라고) 들어와요, 수풍댁도. 수풍댁, 들어와요.

그래도 허명수 옆에서 서성거리자.

박정선 수풍댁!

수풍댁 네에 네. (들어가면서도) 우리 님 심중은 알 듯 말 듯 하네요~

허명수 (둘만 남자) 이 보라우, 그렇게까지 하면서 꼭 만나야겠어? 반세기도 넘게 참았는데…… 자네, 딸을 만나고 오더니 통 제 정신이 아니구먼.

지남철 정말이지, 내가 왜 이러는지 내 마음 나도 모르갔다. 빛나 에미 애비 보기 안 됐지만, 어쩔 수가 없다네. 이렇게 미적거리다가 누구 한사람 덜컥 죽기라도 하면, 그 한을 어떻게 할까 싶어. 우리한텐 시간이 많지 않아.

허명수 자네가 지남철인가 했더니, 지남철은 정작 이북에 있었구면.

지남철 (조명 좁혀들자, 꿈꾸며 독백하듯) 나는 밤마다 꿈을 꾸네. 내 몸뚱이에 폭탄을 칭칭 감고, 철조망으로 박치기하는 꿈! 쾅, 콰광! 하늘과 땅이 갈라지는 폭음과 함께 내 몸뚱이는 산산이 흩어져 저 넓은 하늘로 날아, 누고 온 내 고향하고도 우리 집 툇마루에 사뿐히 내려앉는 거이야. 채송화가 만발한 장독대엔 정화수 한 그릇이 떠있는데…….

지남철의 대사가 계속되는 사이에 어느덧 한쪽에서 동그란 조명을 인 이순희가 나타나 정화수를 떠놓고 비손을 한다.
지남철은 그쪽으로 다가가는가 했더니 관객을 향해 역시 동그란 또 다른 조명 속에 갇힌다.

지남철 임자, 나요!

이순희 종원아, 죽은 네가 살아오다니…… 정말 은근과 끈기를 자랑하는 한민족의 후손답구나. 너는 아버지를 너무 닮았어. 배달 단군의 자손이다.

지남철 나는 아들이 아니라 당신의 남편이오. 그래, 어찌 살아왔소?

이순희 마늘 한줌과 쑥 몇 뿌리로 백날을 기도하여 사람이 된 곰녀처럼, 기다리고 또 기다리고…… 기다리는 데는 선

수인 이 곰녀를 하늘님도 불쌍히 여겨 너를 보내주었나
보다.

지남철 　나는 당신을 알아보는데, 당신은 왜 종원이만 찾는 게요.
나를 좀 알아보시오. 난 당신 남편, 지석철이오. 순희, 이
순희, (가슴에 안 듯) 내 마누라야!

이순희는 어두운 조명에 파묻혀 사라진다.
지남철은 허망하여 허청이듯 발을 떼어놓는다.

지남철 　나는 아내를 품에 안았지만 내 품에 안긴 건 허공뿐이
었어. 어느새 마누라는 들창 너머 온돌방에서 내 새끼를
품에 꼭 안은 채 잠들어 있지 않겠나? 눈꼬리엔 눈물 한
방울, 옥가락지도 눈부신 손…… 나는 잠자는 아내의 어
깨를 가만히 흔들어 깨우면, 아내 대신 내가 흠칫 놀라
꿈에서 깨어나곤 하는…… 매정한 꿈!

박정선을 비롯하여 수풍댁, 지빛나와 김동민이 나와 어둠 속에서
지남철의 마지막 이야기를 듣는다. 무대 전체가 밝아져 원래 무대
를 회복하면, 박정선이 허명수 옆에 가서 앉는다.

박정선 　(술잔을 채워주며) 저러시다가 정말 무슨 변이라도 당하시
면 큰일 아닙니까. 그래서 아버님의 마음을 읽은 빛나
아빠가 앞장서서 결심하고 저희들이 다 따르기로……

마침 수풍댁이 브로커를 잘 안다 그래서, 소식이 오는 대로 아버님을 모시고 가기로 했어요. 그러니까 아저씨만 알고 계세요.

허명수 허긴, 이 나이에 뭐가 두렵겠나. 김 기자가 자세히 알아봤다니까.

김동민 예, 분명히 쉬운 일은 아니지만, 그렇다고 불가능한 일도 아닌 것 같습니다. 제가 도울 수 있는 데까지 최선을 나 하겠습니다. 그러다가 기자로서 법적으로나 도덕적으로 책임질 일이 있으면 기꺼이 책임질 각오입니다.

지빛나 (걱정스러운 듯) 할아버지?

지남철 (정신을 모으듯) 으, 응?

지빛나 할아버지, 괜찮죠?

지남철 그래, 빛나야!

지빛나 제 친구들이, 아니 할아버지 친구들이요, 선물 드린다고 모두 다 왔어요.

지남철 그래?

지빛나 자, 그럼 시작할까요? 지금부터 우리 할아버지의 극적인 부녀상봉에 이어 부부상봉의 염원이 하루 빨리 이뤄지기를 축원하는 의미에서 할아버지께서 음으로 양으로 도와주신 사자놀음을 선보이겠습니다. 자, 나오세요.

겸역 친구들이 '안녕하세요?' 인사하면서 나와, 의자와 탁자를 치우는 등 사자놀음을 할 공간을 확보한다. 한쪽엔 지남철의 식구, 다

른 쪽에는 허명수와 수풍댁이 앉아서 양쪽으로 마주보고 구경하는
그림 형태가 된다.

수풍댁　빛나 친구야?

박정선　하라는 취직은 안하고 언제 이런 걸…….

지망원　(나오며) 이거 뭐야, 이거. 걸핏하면 용돈 타가서는 겨우
한다는 게…….

지남철　내버려둬라. 쟤 고모도 예술을 했기에 이 애비를 만나
지 않았어? 얘 빛나야, 뭘 하느냐? 준비됐으면 시작하
지 않고?

지빛나　네, 그럼 시작하겠습니다. 박수!

수풍댁　(허명수에게 다정스레) 빛나가 제 고모 닮아서 재주가 많나
봐요, 영감님.

박수를 받으며, 북청사자놀음을 시작한다.
지빛나가 꼭쇠로, 김동민이 양반 하는 식으로 다른 출연자들이 각
각 친구로 변장하면 감쪽같다.

＊양반　꼭쇠야!

＊꼭쇠　예.

＊양반　사자가 보이지 않는다?

＊꼭쇠　쥔 양반, 사자를 불러들일 깝쇼.

＊양반　오냐, 불러오너라.

＊꼭쇠　　예. 자, 젊은이의 기상, 사악한 기운을 몰아내는 사자가
　　　　　들어옵니다.

　　　　　사자가 들어와 덩실덩실 춤을 춘다.

＊꼭쇠　　얼씨구 좋다.
＊양반　　과연 용맹스러운 자태로구나!

　　　　　꼭쇠가 토끼를 사자에게 준다. 사자가 앞발로 교묘하게 잡아먹
　　　　　는다.

＊꼭쇠　　절씨구 좋다.

　　　　　토끼를 먹고 한창 신나서 춤추던 사자가 비실비실 쓰러진다. 징 신
　　　　　호에 따라 퉁소가락이 멈춘다.

수풍댁　　토끼고기 먹고 체했나 봐요.

＊양반　　꼭쇠야!
＊꼭쇠　　예.
＊양반　　이거, 큰일 났구나. 사자가 쓰러졌다. 어쩌면 좋으냐? 대
　　　　　덕사의 고승을 불러다 염불이나 시켜보자꾸나.
＊꼭쇠　　예, 알겠습니다. (꼭쇠가 나가 스님을 모시고 들어온다) 쥔 양반,

대덕사의 고승을 모셔왔습니다.

*양반　대사님, 염불을 부탁드립니다.

*스님　예, 알겠습니다.

스님이 승복은 입었으되 전체적인 복장이 우스꽝스럽다.

수풍댁　스님 맞아요? 영감님, 미국에서 왔나 봐요.

*양반　(스님에게) 잘 부탁드립니다.

*스님　예, 알겠습니다. (목탁을 치며 반야심경 앞뒤 토막을 좀 이상하다 싶게 염불을 시작한다) 관, 자재 보살 행심 반야 바라 밀따 시…… 색즉시공 공즉시색…… 아제아제 바라아제 바라승 아제, 모지 사바하. (염불을 마치고) 선비님, 곧 소생할 겁니다.

*양반　대사, 고맙습니다. 안녕히 가십시오.

대사가 물러간 후 양반이 사자를 살펴보고 고개를 흔든다.

*양반　꼭쇠야, 꼭쇠야!

*꼭쇠　예.

*양반　어허, 염불도 효험이 없으니 어쩌면 좋으냐?

*꼭쇠　이번엔 제가 손써 보리다. 병에는 뭐니 뭐니 해도 그저 의원이 제일이지요.

＊양반	그렇다면 어서 불러 오려무나.
＊꼭쇠	예. (밖에다 대고 소리친다) 의원 아바이, 의원 아바이!

갓 쓰고 커다란 침통을 멘 의원이 허겁지겁 등장한다.

＊꼭쇠	의원 아바이 재우재우 손으 써 줍쎄.
＊의원	네, 알겠습니다. 우선, 간맥이나 해 봅시다.
수풍댁	의원 아바이는 진짜 같아요.
＊의원	(진맥을 해보고) 간맥을 해보니, 혈맥이 꽉 막혔습니다.
＊꼭쇠	그렇슴메? 그럼, 의원 아바이 침으 놔 줍쎄.
＊의원	예, 그렇게 하지요. 사관을 트고 중완침을 놔 봅시다. (의원이 거드름을 피우고 침을 놓는다) 사자는 아파서 다리 발길질을 한다) 아뿔싸! 침만 가지곤 안 되겠는걸. 약을 먹여야 하겠습니다.
＊꼭쇠	의원 아바이, 무슨 약입메?
＊의원	(품에서 약병을 꺼내) 이 약은 저 백두산 영봉에서 나온, 감로수라는 귀한 약입니다. 이걸 먹이면 그동안 막혔던 혈맥이 시원히 뚫릴 것입니다.
＊꼭쇠	그리 좋은 약임메? 재우재우 메게 줍쎄.
＊의원	예, 먹여 봅시다. (의원이 약을 먹이려고 사자 입을 벌린다)
＊양반	꼭쇠야! 사자 머리를 단단히 붙잡아라. 낯선 사람 물지 않겠느냐?
＊꼭쇠	별소리 다 함메. 걱정 맙쎄.

채 말도 끝나기 전에 사자가 약을 먹이던 의원의 손을 덥석 물었다.

＊의원　　사자가 손을 물었다! 사람 살려!

의원이 소리소리 지르며 물린 손을 빼려고 몸부림친다. 양반은 이거 큰일 났다고 놀라서 사자의 머리를 손에 든 부채로 때리고, 꼭쇠가 의원의 허리를 잡고 끌어당기느라 야단법석이다. 간신히 손을 뺀 의원이 혼비백산하여 일어나 뒷걸음친다.

＊의원　　이런 봉변은 난생 처음이다. 이럴 수가!
＊꼭쇠　　의원 아바이, 미안함메.
＊의원　　괜찮습니다. 약효가 빠르기 때문입니다. 곧 소생할 겁니다.
＊꼭쇠　　의원 아바이, 잘 갑쎄.

의원이 퇴장한다.

＊양반　　(사자를 살펴보고) 꼭쇠야, 꼭쇠야!
＊꼭쇠　　예.
＊양반　　사자 입술에 생기가 감도는구나!

사자가 꿈틀거리는가했더니, 가까스로 일어나 기운을 차리듯 몸을

턴다.

＊꼭쇠 쥔 양반, 사자가 숨통이 좀 트인 것 같습니다.

＊양반 꼭쇠야.

＊꼭쇠 예.

＊양반 이젠 근심걱정이 없어졌구나. 한바탕 신바람 나게 놀아 보자꾸나.

＊꼭쇠 자, 말장이 올라간다. 얼씨구 좋다.

완전히 원기를 되찾은 사자가 힘차게 춤을 추기 시작한다.
사자는 흥겨워 손뼉 치며 얼쑤얼쑤하는 허명수와 수풍댁을 거쳐, 지남철 쪽으로 다가간다. 지남철은 사자를 쓰다듬어준다.

허명수 잘 논다.

북청사자놀음이 다 끝나면, 꼭쇠와 양반이 사자를 중심으로 양쪽에 나란히 서서 관객에게 인사한다.
암전.

7

무대 다시 밝아지면. 압록강이 멀지 않은 연변의 한 산골 농가라고 보면 되겠다.

풀벌레소리가 쏟아지는 달밤에 안개마저 연하게 깔렸다.

검정 두루마기의 지남철을 중심으로 지망원과 박정선이 누군가를 초조하게 기다리고 있다. 어디선가 귀에 익은 듯한 뱃노래의 흥얼 거림이 다가온다.

박정선 여보, 저 흥얼거림…… 어디서 많이 들어본 것 같지 않아요?

지망원 나도 아까부터 그 생각을 했어. 수풍댁이 자주 부르던…… 한민족은 어쩔 수 없나 봐.

지남철 애야, 여기 맞니?

박정선 예.

흥얼거림의 주인공인 뱃사공이 나타난다.

뱃사공 오늘은 꼭 모시고 온다는 기별이 왔습네다. 너무 초조하게 생각하지 마시라요.

지망원 사흘이나 기다렸소. 그동안 백두산을 다녀와도 몇 번이나 다녀왔겠소.

지남철   (체념한 듯) 애비야, 일이 꼬인 모양이다. 그만 돌아가자.

박정선   아버님, 가자는 게 아니구요, 이이 말은…….

지남철   이 늙은이가 너무 욕심을 부렸어. 일이 과하면 탈이 나
는 법이다.

뱃사공   그렇지 않습네다. 물론 여기서 하루 만에 만날 수도 있
지만, 대개는 2, 3일 걸립네다.

박정선   우리 같은 경우가 더러 있습니까?

뱃사공   적지 않디요. (웃으며) 이래봬도 여기가 남북 이산가족들
의 관광 코스라고들…… 이번에는 제가 신경을 많이 썼
디요. 저는 원래 이런 일은 잘 안 하는데, 서울 가서 한몫
잡아 큰 식당을 인수했다는 우리 연변 출신 조선족 여사
장의 부탁으로…….

박정선   여사장이랍디까?

뱃사공   잘 아시나 보디요?

지망원   알다 뿐이겠소.

뱃사공   피차 같은 민족 아는 처지에 조금만 더 기다려 봅세다.
거, 생각난 김에 한 가지만 묻갔습네다. 강 건너 저쪽 늙
은 뱃사공이 하도 딱해서 그러는데, 남쪽에서 왔다면 아
무나 붙들고 물어봐 달라니…… 허명수라고, 서울 가서
김 서방 찾아집네까?

지남철   허 누구라고 했어요?

뱃사공   명수, 허 명수. 수풍이 고향이라는데, 해방 후 서울로 간
자기 삼촌이랍네다. 우리야 먹고 살기 위해서 이 노릇을

한다지만 저쪽 늙은 뱃사공은 행여나 삼촌 소식이라도 들을까 하고 배를 버리지 못한다는, 참으로 구슬픈 사연이디요.

지남철 분명히 수풍 사람 허명수라고 했지요?

지망원 (속삭이듯) 그럼, 애꾸 아저씨……

어둠속에서 '뻐꾹, 뻐꾹!' 뻐꾸기 신호소리가 들린다.

지망원 (놀라듯 작게) 뭐야?

뱃사공 뻑뻑, 뻑뻑꾹! (답신호를 보내고) 왔시오.

지복원이 명주 보따리를 가슴에 안은 이순희의 손을 잡고 나타난다. 지광일이도 뒤따른다.
이순희는 지남철을 보자 보자기를 지복원이에게 건넨다.

지남철 (현실이 믿기지 않는 듯 망연자실하여 바라보며 다가가) 여보! 임자! 내 마누라야.

지남철과 이순희가 끌어안고 한동안 흐느낀다.

지복원 (함께 흐느끼다가) 아바지. 아바지, 광일이야요. 아바지 손자 광일이야요.

지남철 광일이? 네가 광일이냐!

지광일이 할아버지에게 큰절을 올리는 사이, 지망원이가 '어머님!'
이라 부르며 박정선과 함께 이순희에게 큰절을 올린다. 이순희가
채 엎드리기도 전에 반갑다고 달려들어 지망원과 박정선 부부를
일으켜 세운다. 이순희가 박정선의 손을 잡았다가 옥가락지를 의식
하고 유심히 바라본다. 지남철이 월남할 때 하나씩 나눠 낀 정표다.
박정선이 눈치 채고 옥가락지를 얼른 빼서 이순희에게 끼워준다.
쌍가락지를 한 이순희가 감회에 젖는 것도 잠시, 곧 쌍가락지를 스
스로 빼어 박정선에게 끼어준다. 마음의 선물이니 아무 소리 말고
받으라는 듯이 말이다 이순희는 쌍가락지 낀 박정선의 손을 꼭 쥐
고 옛날 자신에게 했던 지남철을 생각한다.

박정선   (감동하여 마음의 소리로) 어머님!

지망원   (역시 혼잣말처럼) 제가 새로 진주반지를 해드리겠습니다.
　　　　　진주야말로 어머님의 삶 그 자체 아니겠습니까?

　　　　　뱃사공은 흔히 보는 일상적인 풍경이라고 처음부터 별 관심이 없
다. 지극히 직업적인 태도로 주위를 경계할 뿐이다.

뱃사공   이러다가 밤새우겠습다. 어서 빨리 두 분만의 시간을 드
　　　　　려야지요. 다른 가족들은 제가 모시겠습니다.

지망원   네, 그게 좋겠습니다.

　　　　　모두들 슬그머니 물러날 분위기다.

뱃사공	잠깐! 그렇다고 금세 다 가신다면 나는 어떡한단 말입네까! 자, 저를 주목해주시라요. 제가 지금부터 말씀드리고자 하는 것은 다름 아니라, 몇 가지 통일 관광 상품을 여러분들에게 특별히 소개해 드리고자 하는 거입니다. ('우리는 하나'라고 쓰인 머리띠를 꺼내 두르며 완전히 약장수처럼) 제가 여러분께 드리는 통일 상품은 딱 세 가지인데, 북조선의 유명한 술인 평양소주에 금강 맥주, 모란봉 솔꽃술, 백두산 들쭉주, 강계 산머루술…… 등등의 '명주 세트'와 '북조선 각 도의 흙', 그리고 '휴전선 철조망 자른 것'이 그것입네다. 주문만 하시면 여러분들이 돌아가실 때 고향 정취와 함께 잘 포장하여…….
지망원	(가볍게 내몰 듯) 빨리 자리를 비켜드리자는 양반이 지금 뭐 하시는 겁니까? 우리가 무슨 관광 왔습니까?
뱃사공	관광 코스가 된 지 벌써…… 날이면 날마다 살 수 있는 물건이 아닙네다. 특히 휴전선 철조망은, 통일만 되어 보시라요. 금값입네요. 투자가치가 있다 이 말씀이디요.
지남철	평안도 흙도 있소?
뱃사공	여부가 있겠습네까. 삼수갑산, 개마고원 흙도 다 있습네다.
지남철	그럼, 평안도 흙하고 평양소주 주문하겠시다.
지망원	(믿을 수 없다고) 아버지, 이 사람들은…….
박정선	평양소주라면 서울에도…… 북한 상품 전문점이 많이 생겼거든요, 아버님. 필요하시다면 제가 인터넷으로 주

문해드릴게요.

지남철   나도 안다. (뱃사공에게) 내 말대로 갖고 오시오.

지망원   여기까지 와서 고향 흙 몇 줌이 무슨……

박정선   함경도 흙이 아니라 평안도 흙이라잖아요.

뱃사공   (득의만만하게 웃으며) 자, 그럼 그렇게 알고 내일 아침 떠나실 때 가져오겠습니다. 요금은 물건에 붙은 정가표대로 주시면 됩니다. 할아버지 할머니, 좋은 만남 되십시오. (정중하게 인사하고, 지망원에게 약 올리듯 윙크까지 하며) 가시죠.

지복원   (들고 있던 보자기를 건네며) 오마니, 새벽에 오겠습네다. 아바지, 편안히 쉬시라요.

뱃사공   (앞서가다 뒤돌아보며 재촉하듯) 오기요, 날래 오시라요.

지남철과 이순희를 뺀 모든 사람들 퇴장한다.

보자기를 내려놓는 이순희를 바라보는 지남철, 막상 두 사람만 남자 부부는 기가 막혀 할 말을 잃고 손을 맞잡은 채 차라리 노래를 부른다.

꿈이어라 긴 꿈이어라

지난 세월 꿈이어라

당신 혼자 어찌 살았소

차라리 눈 감고 지내보세

이순희도 따라 부른다.

시간아 멈추어라

달아 거기 서 있거라

반 백 년이 지나

오늘 이 시간이 왔네

흰머리 검어지고

주름아 펴져라

청춘 되어 그대 안으리

꿈이어라 긴 꿈이어라

지난 세월 꿈이어라

갈 곳 잃은 외기러기

이제는 갈 곳 찾았구나

지남철 (노래를 끝내고 기어이 울음을 터뜨리며 와락 끌어안는다) 마누라
야!

지남철은 이순희의 얼굴을 보고 또 보고 쓰다듬으며 안는 것 외는,
더 이상 어찌 할 바를 모른다.
이순희가 명주 보자기를 푼다.
보자기 속에 싸인 것은 북청사자놀음의 사자탈이다. 지남철이 그것
을 보고 회한에 맺혀 땅을 치듯 반기며 소중히 쓰다듬은 후, 탈을
들고 흔들며 사자춤을 추기 시작한다. 이순희도 지남철의 허리를
부여잡고 사자 몸뚱어리가 되어, 요컨대 부부가 일심동체 한 몸이
되어 추어보는 사자춤이다.

아련한 추억처럼 비치는 막 뒤에서 옛날 함께 어울려 춤추던 고향 사람들인 양 흰옷 무리들의 춤추는 모습이 그림자로 보인다. 무대 뒤에 남은 연기자들의 몫이다.

어느새 북청사자놀음으로 하나가 된 부부는 젊음을 되찾은 듯 사자탈, 그 사자머리를 쳐들고 힘차게 포효하듯 흔들어댄다. 그러나 나이는 어쩔 수 없다.

이순희는 사자춤을 추는 남편, 젊은 날의 그 모습을 더늠늦 바라보며 사자탈을 싸왔던 바로 그 명주 보자기를 들고 너울너울 춤을 춘다. 지남철의 탈춤과 이순희의 이 동양적인 멋이 깃든 한국 춤이 정겹고 아리도록 아름답게 어우러진다.

……아쉬운 듯 서서히 암전.

8

함흥집, 지남철의 방이다. 이순희와 함께 추었던 예의 그 북청사자 놀음의 사자탈이 걸려있다. 병색이 완연한 허명수가 기침을 하면서도 지남철에게 선물 받은 평양소주를 마신다.

지남철 좌우지간 이 애꾸야, 네가 그 망원경 들고 그렇게 찾아도 못 찾던 장조카 내가 단박에 찾은 거, 이거 예삿일 아니다.

허명수 설사 장조카가 맞는다 해도, 고향땅을 이런 식으로는 밟고 싶지 않으이…….

지남철 그건 또 무슨 심뽀냐, 좌우지간에…….

허명수 좌우지간 좌우지간 하지 마, 이 친구야. 헷갈려. 내 눈처럼 일목요연하게 하나를 분명히 하란 말일세.

지남철 좌우지간, 그래 일편단심 하던 이야기나 계속해.

허명수 (못 말리겠다고) 그래, 좌우지간…… 국방군으로 압록강까지 진격해서 수통에 물을 채우고 고향땅을 바라보며 눈물을 얼마나 흘렸는지. 그 백병전에서 한쪽 눈을 잃고, 부상까지 당하고…….

지남철 그때 한쪽 눈을 잃었구먼.

허명수 (배경음악이 깔리며) 그때 파편을 맞고 튀어나온 눈알이 고향산천을 뒹굴고 있는 게 내 망원경에 자주 보여. 그 풍

요로운 수풍댐 물, 고향의 집과 오곡이 넘실대는 황금들
판을 지키며…….

지남철 그래, 언젠가 수해 때 이북서 온 (구호품) 쌀을 한 줌씩 나
눠 주면서리…….

허명수 (그때처럼) 고향 쌀이 왔수다레, 내 고향 쌀이 왔수다레!

지남철 허허, 그때만큼 자네 얼굴이 빛난 적도 없었어. 마치 신
들린 사람 같았으니까.

허명수 땅 농사의 의미는 내겐 남다르네. 고향은 그리움과 증오
의 대상이라고나 할까? 어쩌다 고향이 그렇게 돼버렸어.

지남철 세월이 많이 흘렀지 않은가? 상처가 치유될 만큼…… 고
향은 그렇다 치고, 장조카는 만나고 싶지 않아?

허명수 희망을 품으면 하루가 길어져. 힘들다구. 수통에 담아
온 압록강 물, 무언가 키운다는 거, 내 유일한 행복 아
니겠나?

지남철 평안도 고향 흙은 어쩔 거야?

허명수 화분에 채워서 고추라도 심어야지. 선물 고마우이.

지남철 (새삼스레 잡는 손을 뿌리치며) 이 친구야.

허명수 요즘 내 몸이 안 좋아. 몸도 마음도 자신이 없어. 내 몸은
내가 잘 아니까. 그래서 자네 딸 만나러 극장에 가잘 때도
마다한 게야. 쿨룩, 쿨룩……. (기침을 막듯 술잔을 들이킨다)

지남철 이 친구야, 그 고향 술 마지막으로 술 좀 끊어. 응? 내가
들어가서 안주 좀 가져올까?

때마침 수풍댁이 찌개냄비를 들고 나타난다.

수풍댁 이러실 줄 알고 안줏거리를 가져왔습니다.

지남철 마침 잘 왔다.

수풍댁 (살갑게 붙어 앉으며) 안주 좀 드시라요.

허명수 (안주는 거들떠보지도 않으면서 술이 거의 다 비웠는지 병을 흔들어보고) 병이 새나, 원! 이봐, 이 평양소주에다가 서울 소주를 합하면 남북화합주 아닌가?

지남철 술이 모자라면 모자란다고 할 것이지, 갖다 붙이기는?

허명수 아니, 아니지! 이봐 지남철, 자네가 팔도고물 다 모아서 징을 만들 듯 나도 팔도 술을 다 모아가지고, 팔도화합주 만들까?

수풍댁 어유, 신소리 좀 작작하시고 건강 좀 챙기시라요. (술병을 빼앗으며) 그냥 내가 죽갔시요.

지남철 수풍댁이 저토록 살갑게 잘 해주는데, 눈 딱 감고 합치면 어떠냐? 이 들어온 복을 제 발로 차고 있어요, 늙은이 주제에.

허명수 남편이 두 눈 시퍼렇게 뜨고 살아있네. 게다가 환자여. 그 환자 살려 보겠다고 수풍댁이 그러는 것인데, 사람의 도리가 아니지.

지남철 그럼 또 어때? 살면 얼마나 산다고, 시중 잘 받으며 살다가 눈 감으면 그만이지 뭘 그래. 다 그게 제 복이야. 안 그래, 수풍댁?

수풍댁　　그럼요. 사는 데까지 친정아버님처럼 모시겠다고 몇 번이나 말씀드렸습니다. 불법체류의 불안에서 벗어나 열심히 벌면 그저 제 힘만으로도 얼마든지…….

지남철　　어허, 이 누이 좋고 매부 좋은 일일세.

수풍댁　　꼭 젊은 사람들처럼 부부생활을 해야 맛이 납네까?

지남철　　(짐짓 부추기느라고) 와아, 열부 났다, 열부 났어. 우리 애꾸, 고목나무에 꽃 피었다이. (두 사람의 손을 잡고) 우리 약혼식 하러 가자. 아니, 여기서 당장 결혼식 하자.

수풍댁　　그래요.

지남철　　내가 주례 설게.

허명수　　(손을 뿌리치며 쓰러지듯) 이 사람이 늙은 친구를 놀리고 있……．

지남철　　(한 번 더 일으켜 세우려고 손을 잡으며) 내가 주례 선다니까, 왜 빼고 이래?

허명수는 다시 손을 빼 그대로 가슴을 쥐어짜며 쓰러진다.

수풍댁　　영감님, 영감님! 접때도 이러시더니…… 영감님!

지남철　　이 영감탱이, 애꾸야!

지빛나와 김동민이가 뛰어든다.

지빛나　　(기뻐서 외치듯) 할아버지! 할아버지, 놀라운 소식이에요.

도라산 역이 곧 이북과 개통된대요.

김동민 (신문을 보여주며) 남북 고위 당국자간의 합의문 발표입니다. 막혔던 혈맥이 뚫리고, 남북의 벽이 무너지는 순간입니다. 통일의 길목……

순간적으로 번쩍 눈을 뜬 허명수가 희미하게 미소를 떠올린다.

허명수 정말, 기쁜 소식이네…… 얼마나 기다렸나…….

지남철 그래, 그러니까 정신 차려!

수풍댁 네, 이제는 기차타고 영감님 고향도, 제 고향 연변도…….

허명수 (힘겹게 유언하듯) 며칠째 내 눈에 새가 자꾸 보여. 압록강의 물새들, 저 눈부신 새떼…… 수풍댁!

수풍댁 네?

허명수 (가슴이 아파서 그런다고 오해를 불러일으킬 만큼 떨리는 손으로 어렵사리 안주머니를 가리키며) 여기, 여기…….

채 말을 끝맺지 못하고 숨을 거둔다.
수풍댁은 애꾸의 안주머니에서 찾아낸 봉투 속의 서류를 확인도 하기 전에 운명한 것이다.

수풍댁 영감님, 영감님. 빛나 할아버지, 영감님이…… 영감님! 영감님!

지남철 이 영감탱이가! 이보! 이보라우!

(지빛나와 김동민은 숙연히 바라만 볼뿐이다.)

지남철 압록강 물새 보러 떠났다. 빛나야, 엄마 아빠에게도 알려라. 애꾸눈 고무신 할아버지 고향 찾아 떠나는 마지막 모습이라도 보라고…….

지빛나 (무섭다고) 예, 할아버지.

지빛나가 찌게 냄비를 들고 김동민과 나가는데, 수풍댁이 허명수의 주머니에서 찾은 서류를 봉투째로 지남철에게 건넨다.

지남철 이게 뭐야? (서류를 꺼내보고) 아니 이 친구 이거, 석 달 전에 벌써 혼인신고를 했구만 그래.

수풍댁 네?!

지남철 (서류를 다시 건네며) 수풍댁, 이제 수풍댁이 미망인이요.

수풍댁 영감님! 저는 그런 것도 모르고 얼마나 속을 태웠는데요……. (설움이 한꺼번에 솟구쳐 흐느낀다.)

지남철 (색안경을 벗기며) 색안경 너머 한 눈으로 오직 고향만 바라보더니, 제 눈 하나 스스로 못 감고 이렇게 커다랗게 뜬 채…… (외눈을 감겨주고) 그래, 이제 죽어서야 고향을 찾아가는구나. 압록강 물새처럼 훠어얼 훨 날아서…… 조금만 더 버티지, 그새를 못 참아서…… 이 친구야, 이 나쁜 친구야! 도라산역이 개통됐다. (사방에 대고 소리치듯) 막힌 혈맥이 뚫려 반백 년 묵은 체증이 내려가고, 허리 통증이 시원하게 다, 다 낫는 것 같구나! 볼래, 이 친구야. 나도 씻은 듯 가뿐하여 자네 따라 날아갈 수도 있단 말이다, 이 아바이야! (허명수를 붙들고 울다가 천천히 일어서며 노래를) 나를 버리고 가시는 임은 십리도 못가서 발병난다~. (자신도 모르게 옛 목청을 되찾은 듯 징을 크게 울리며) 아리랑 아리랑 아라리오~

지남철의 아리랑에 맞춰 나머지 출연진들 전부가 아리랑을 부르며 일제히 무대로 나온다. 무대 전체가 점점 밝아지면서 지남철과 수풍댁은 물론 죽은 허명수도 영혼처럼 이들과 자연스럽게 합세한다. 전 출연진들이 하나 되어 어느덧 이 연극의 처음 1장으로 돌아가 대합창 〈도라산 아리랑〉을 부른다.

아리랑 아리랑 아라리오
아리랑 고개로 넘어 간다
오랜 세월 짓밟혀온 당신과 나의 가슴 속에
어둠 뚫고 새벽 열리듯 눈부신 태양 솟는구나
우리 모두 손잡고 통일을 노래하자
가슴 열고 노래하자 하나가 되었구나
아리랑 아리랑 도라산 아리랑 힘차게 울리는 기적소리
아리랑 아리랑 도라산 아리랑 희망을 싣고 달려간다
아리랑 아라리오 아리랑 고개로 넘어간다

기차가 기적소리를 힘차게 울리며 지나가면 서서히 암전된다. 무대 다시 밝아져 커튼콜이 끝나고도, 출연자들은 손에 손을 잡고 '우리 모두 손잡고 통일을~'부터 다시 노래 부르며 마지막 '아리랑 고개로 넘어간다'에서 도라산역을 배경으로 남북이 자유롭게 왕래하듯 서로 교차하면서 완전히 퇴장한다.

막.

한국 희곡 명작선 65

도라산 아리랑

초판 1쇄 인쇄일   2021년 1월 10일
초판 1쇄 발행일   2021년 1월 20일

지 은 이   최송림
만 든 이   이정옥
만 든 곳   평민사
　　　　　서울시 은평구 수색로 340 〈202호〉
　　　　　전화 : 02) 375-8571
　　　　　팩스 : 02) 375-8573
　　　　　http://blog.naver.com/pyung1976
　　　　　이메일   pyung1976@naver.com
등록번호   25100-2015-000102호
ISBN　　 978-89-7115-763-3 03800
　　　　　978-89-7115-663-6 (set)
정 　 가   6,000원